詩集　『悲しみの姿勢』

秋吉　里実

目次

I

Ⅱ

Ⅲ

I

日常

悲しみの姿勢を
だれか教えて

まさか今日のように
お皿を洗ったり
髪を乾かしていたときの
あんな形であっていいはずがない

早春

幼い子を抱いていながら
いつしか
幼い子に抱かれている

わたしの肩に
あどけない頬
くびにまわされたやわらかい腕

〈今日もいっぱい遊んだね〉
薄い光に目を閉じる

ああ　知らなかった
涙ぐみたくなるような
こんな抱かれ方があるのを

窓ガラス

おもしろくないですか

年下の男が
かたわらで迷っている

つまらなかった
わたしは
ビルとビルの隙間に見える灰色から目をそらし
男を見た

年下の男はわたしから目をそらし

灰色を見つめた

うっすらとぼやけていく　ひとつのことば
煙草の匂いだけが肌にまとわりついている

おもしろくないですか

白い指先はそれ以上背伸びできない
わたしは男から目をそらさず
答えなかった

だいじょうぶ

やさしくないことにあなたは傷ついているのだけれど
そんなこと　思いわずらうことないよ
奥にやさしさをたたえているとおそらく信じているのだけれど
そんなもの　そもそもないよ

出し惜しみじゃない
出すものがないだけ

だいじょうぶ

あなたはあなたに釣り合う人だから

傷つくことなんかない

となりで

前の夫のゆめをみた
今の夫のとなりで

ゆめのなか、
今の夫をさがしてた
前の夫のとなりで

靴べら

今日　靴べらを買いに出かけた
なくても特に困ることはなかったので
何かのついでに　そのうち
と思っていたら　三年九ヶ月が経っていた

何かのついでに靴べらは買えない
てんで思い出さない

わたしは六百三十円もする高い方の靴べらを買って胸に抱え
秋空の下　なんだかとっても満足した

流れる

生理がくると
眠くなる
重たい身体をソファーへ投げ出し
ひとすじの川となる

あざやかで美しい
わたしの起伏
下流へそそいでいく

源泉であるにもかかわらず
その流れにも秩序はあって

とうの昔
命の行く手は定まった

むやみにほとりに来てはいけません
子どもに川は渡れない

わたしの眠りが止み
地が乾ききるまで

集団

高揚した目
女が
女の陰口をきくときの

まさか
夢を語っているはずはあるまいし

刻印

左のえくぼは
うんと笑ったときにしか出ないの

このあたしを
欲しいというのならあげるわ
どこにアザを残しても
かまわないわ

檻すらない自由なんて
あたし　まっぴら
あなたの刻印今すぐつけてよ

うすくまぶたを閉じるから
あたし
あなたの仕草をひとつ残らず記憶するから
鏡の中で
そっと息の根を止めてよ

中島さん

すっかり忘れてしまった
その顔も話し方も
どんないきさつだったかさえなくしてしまったが
この一冊をわたしは持っている

開けば一気に押し寄せてくる
中島さん

あなたの
何もかもを思い出せないというのに
ずっと枕元にいる

恐怖

あなたの人生を
わたしが持っていていいのですか?

生きていようが
生きてなかろうが
ここに居る
中島さん

ガラポン

店の入り口に派手なのぼりが立っていて
ガラポン抽選会　とある

補助券五枚でガラポン抽選会に一回ご参加いただけます

財布の中には補助券が七枚入っている
わたしは列に並んだ

カラン……ポ
ひとつ　申しわけなさそうに玉が出た
ハッピを着た男が大きく鐘を鳴らす

「おめでとうございます
　三等賞が出ました！」
店の奥から　がたいのいい男が小走りでこっちに来た
濃い顔だ　明らかに日本人ではない
濃い男はわたしの手を強く握りしめ　健康そうな歯をむき出して言った
「あなたわたしに人生相談できます　一回だけよ　よかったね
　なに相談する？」

わたしは考えた
悩みならたくさんある
どれが一番有益だろうか　即効性のあるものがいいか
初めて当たったんだし　この店には昔からかなりつぎ込んでいる
ここで元を取っておきたい
当たり

濃い男はわたしの相談を今か今かと待っている
汗が出てきた　どうしよう
濃い男がものすごい見つめてくる　どうしよう
わたしはうなだれた
「えらべません」
濃い男はにこやかな顔で
「そうねそうね
あなただいじょうぶよ　いつもタテから六つ目えらべばいいのね
解決ね」

一等賞は炊飯器だった

腹つづみ

しがらきの陶芸の森の奥で
たぬきたちと一緒に
彼女が腰をかけている

〈もういいかい？〉
たぬきがお腹をたたく

〈まあだだよ〉
彼女はお腹をたたかれる

〈こっちだよ〉

胎児の
あふれんばかりの生命力で

木漏れ日のなか
笠をかぶったたぬきと
帽子をかぶった彼女が
まぶしそうに僕を見ている

ぬくもり

生まれて間もない子を
妹があやしている
そのやさしい声を聞いている

母となった妹のことばは
幼いころにあやしてくれた
父と母のもの

遠く忘れられたはずのことばが
こうやって今
波のように

幼いものへあふれ出す

父と母も眠りのなかにそれを聞き
何千年もたいせつに
贈られてきたのだ
そうっと　ほほえみに揺られながら

妹のくちびるから
やさしいことばがこぼれ落ち
祈りとなって今
あどけない寝顔へ

II

ぽろり

べつにかくしているわけじゃない
いわないいだけだ
かるがるしくくちにはできない
ほどのきずとはどんなものなのか
を　ここであかしたとしても
そんなにたいしたむかしばなしができるわけでもない
し　せけんではざらにあることだ
けど　わたしにとっては
くらくさまよいつづけたけっしょうのきずであり
いまもさみしくうずいている

だれにもいわずにすごしてきたら
とてもいじらしくたいせつにおもえて
いまさらもっといえなくなった
ので　ぽろりともらしてふかくにも
さけのさかなのかわりにされたら
わたしはもはやいきてはいかない

せけんではとくべつどうじょうされることじゃない
けど　たしかにわたしはくるしんで
くるしんで
いまはひとりでそらをみている
けど　ときおりこえをあげてなきたくなると
はなしたい　と　わたしも
あまえたい　と
つよいきもちをもてあましている

五月

父が母の日に
泣いた

幼いころ亡くした祖母の記憶が
私にはほとんどない

街は華やかなカーネーション色
メッセージに何を贈ろう

父が母の日に
母の居ない場所で

すすり上げて
泣いていた

病室にて

意志に反して
わたしのからだはどんどん治っていく
わたしはこんなに死にたいのに

意志に反して
わたしのからだはどんどん滅びていく
わたしはこんなに生きたいのに

同じ病室で
わたしたちはふと顔を合わせた
〈お気の毒さま〉

〈お気の毒さま〉

ハツラツとした看護師が
ハツラツとした声で点滴の準備をする
何がそんなに楽しいの？

窓の外は別世界
朝の光さえも　健全な者を選ぶらしい
看護師にされるがままの鉛のからだ

ポタッ　ポタッ
点滴の規則正しいリズム
定められた一日が始まっている

たこ焼き

ウエダさんをスーパーで見かけた
あ、おじさんだ、と思い
とっさに陳列棚の陰にかくれ
そのまま気づかれないように後をつけた
半年ぶりだった
まったく家事のできないおじさんを
おばさんはいつも嘆いていた
おじさんは豆腐と牛乳を買った

スーパーを出ると　おじさんは
駐車場の一角にある屋台の前で立ち止まった

すでに列ができており
たこ焼きがひっくり返されるのを
子どもたちが面白そうに見ている
風向きで時々けむりに巻かれながら
おじさんはしばらくじっとしていた
やがて列の後ろに並んだ

半年前
死んだおばさんのとなりでしわくちゃに泣いていたんだ

今　夕焼け空にたこ焼きを待っている
前に並ぶ孫たちと
ちょっと屋台に立ち寄ったかのように

あの子

生後七ヶ月の蒼士が
鏡をみて笑っている

夏の終わり
庭に白い芙蓉が咲いた

鏡の子がやめないので
さっきから蒼士も笑ったままだ

あのほっぺの子はだあれ？

わたしの声に
蒼士はわたしを見上げる

しばらく考えたあと
やっぱりあの子が気になってしかたない

マイクロ・アート

何度やっても通らないので
顕微鏡でのぞいてみると
針の穴に街が見えた
そこにも暮らし　があるらしい

せわしく過ぎる毎日と
ほつれたボタンを脇に置き
わたしは炭酸水を飲んだ

泡がはじけてのどが痛い

浴槽

うすまった都会の夜に身を沈める
お湯に浮かんだ明かりの下で
わたしのからだが白く揺れる

あなたは朝へ眠るのだろう
昨日の思いをからませたまま　わたしは
腕の重みから逃れ
ここでひとり呼吸している

夕暮れ

しけた花に蛾がとまった
それを見ている

やめたことが多くなった

しけた花が
わたしを見ている

どうか

あなたの
冷えきったからだを
この太陽の真下に置いて
あたためたいのです

あなたのお母様のお庭は豊かに色づき
深く
あなたは眠っている

一輪の花を黒髪にかざり
桜色のあなたを

今一度　この陽のなかへ

あぁ。
神さま、あんまりです

あなたの
白く冷えきったからだを
この太陽の真下に置いて
風の音を聞かせてあげたいのです

平穏

あの子がとなりにいないと苦しくて眠れない
と彼女は言う
そう、
とわたしは小さく返した
子どもはさっきからブロックで遊んでいる
彼女には夫がいない

夫がいないと苦しくて眠れない
ということはないけど
苦しいほど大切なものを持ってしまったら
わたしは生きていけない気がする

交差点で車にひかれはしないだろうか
汚れた手で目をこすりはしないだろうか
高い所から落ちたりしないだろうか
飴をのどに詰まらせはしないだろうか
と　わたし　いちいち狂うのだろう

いてもたってもいられなくなって
大切なものがわたしのそばで生きていることをいちいち確認し
うっとうしがられても腕に抱いて確認し
それが毎日、毎日毎日毎日、
わたしが生きている限り続かなくてはならないのだ

III

耳栓

窓のない部屋で横たわっている。眠るために目を閉じる。ここは大きな棺桶のよう。心臓のうえで指をからませる。十代の真ん中、わたしは朝の教室にいた。夏、大きな窓から草いきれの匂いがした。あれは、試験の最中でした。誰かがわたしに質問する。次の文章を読み、後の問いに答えなさい。幼い子どもを亡くしたのだ。棺桶の中のあどけない子。あと少しで焼かれてしまう。なぜだか理由を述べなさい。おとといまでは生きていた。おかあさん、と、まるい頬を寄せてきた。子どもは目を閉じている。わたしは強く揺さぶってみた。ねえ、焼かれてしまうのよ。起きて返事をしなさいよ。母親が我が子の両耳をふさいだ。この子が怖がるといけないから、と、わたしにささやく。炎の音は聞かせちゃいけない、絶対に。それは、庭に咲く花びらだったろうか、それとも和紙か。小さな耳はふさがれた。炎の音は聞いちゃいけない、わかったね。チャイムの音がわたしに聞こえる。終わってしまった。またさんざんな結果だろう。わたしの心臓は動いている。後ろから、どうだった？　の声がする。わたしは振り返り、わからない。まもなく夏休みがやってくる。こんど打ち上げ花火に行くんだ、あの人と。鼓膜が破れるくらい吹き込むの。わたし。ここは大きな棺桶なのか？　真っ暗の中、わたしは相変わらず息をしている。百均へ耳栓を買いに行こう。

誕生

首が据わらない
赤ちゃんの
目が据わっている

体温

もっと激しく取り引きしましょ
わたしとあなた

いっそ全部で取り引きしましょ
声が波打つ　ここに今夜も

愛にかたちはキリがないでしょ
離れると寒いのよ

手

きみの未来を見てあげる　と言われ片方の手を差し出した
まだ長さが残る煙草を灰皿に押しつけ　男はわたしの手を取った
煙がかすかに消えようとしている
好奇心が先に立ち　わたしはされるままにしていた
男はわたしの感情線を指でなぞったり　他の部分を広げたりした

読めるのだろうか
なにもかも
裸体になるより恥ずかしい　わたしが隠していること
わずかに経験してきたこと
これから起きるだろう出来事を

あけすけに
読んでいる
男

うんざりするほど未来があるの
あの日振り払わなかったのは
意外にも男の手が乾いていたからかもしれない

言葉質

彼女はどんどん散らばっていく

たしかに
それを放ったのは僕だけど
持たせるのはいつも君だ

※言葉質（ことばじち）　僕が言ったことを、のちの証拠として彼女が取っておくこと

虫

虫も殺さないような顔をして
虫がいいことばっかり言うから
あたし
あの子、虫が好かないわ
って言ったら、誰もがみんな
そんなことないよ
きみの虫の居所が悪かっただけさ、と
あたし、
虫唾が走る思いだった。
ねぇ、知ってる？　あの子、虫がよすぎて
悪い虫がついているのよ

って教えてあげたら
いい虫にどうして悪い虫がつくのさ、
だって。
あなたのことよ。

夏の夕

ひぐらしが鳴いて目が覚めた

おとうさぁん
おかあさぁん

わたしの声がそのまま窓へ抜けてゆく

どこぉ？

人形もお面も
きのうの赤い風船も知らんぷり

いやだ　いやだ
置いてけぼりはいやだ
と
こんなふうに突然訪れるのだろう
油断してる間に
さようなら　と

電波時計

どうにもならないほどに壊れてみたい
真夜中の二時にわたしは矯正される
わたしは
狂うことが許されない

狂えない自分が身に備わっている

しけたうどんこ

さかさまにすると
しけた　うどんこ
になる男子が好きだった

不真面目なうどんこは
ふざけてはよくわたしを怒らせた
真面目なわたしは
真に受けてはよくうどんこを笑わせた

わたしたちはかなり気が合った

「おまえんちの前
　きのう通ったら
　ブルマが干してあったぞぉ！」

まわりの男子たちがケラケラッと笑う
わたしはうどんこをにらみつけ
真っ赤になって走って逃げた

つぎの日　わたしたちはしゃべっていた

卒業間近のひんやりした廊下
小さく折りたたんだ紙を
うどんこは　むすっと出した

「これ、書いたから」

うしろの同級生たちがドヤドヤッと過ぎる
わたしは
柄にもなく真面目ぶったうどんこをにらみつけ
真っ赤になって走って逃げた

それっきり、
それっきり。

東京都北区十条商店街

妹が飼いに出かけた小鳥屋のとなりは
焼鳥屋だった
十条商店街にないものはない
倫理も計画性もまるでない

アパートの一階は
コンビニだった
JR京浜東北線　東十条駅下車
南口より徒歩約八分
十条商店街はここから始まる

一袋二九八円　山積みされた割れ煎餅が
日本一だと父は言う
十条商店街にまさる味はない
うらぶれた北風などここでは吹かない

せまい通りの右手に突如
大衆演芸場が現れる
十条商店街ほど時代を越えた街はない
よっ！　待ってました！　粋だねぇ
桜吹雪とおひねりが夜風に舞う
ちょいと流し目ににらまれて
喜ぶ場所はここ以外にない

魚屋でおばちゃんたちの
おしくらまんじゅうが見物できる

十条商店街に年齢はない
誰彼かまわずとりあえず
おねえさんと呼ぶ若い店主に
弱気な陰はない

少しはずれた車通りに
昔ながらの銭湯がある
十条商店街ほど富士の山とケロリン桶が
仲良く響き合う湯の音はない
番台のおじちゃんがどこを見てるかなんて
全然気にならない

夕方五時に
ドボルザークの交響曲第九番「新世界より」
第二楽章「遠き山に日は落ちて」

が大音量で流れる
十条商店街に国境はない
あほー
ぼけー　のカラスの似合うあかね空を
十条商店街より他に知らない

きゅうり

毎日きゅうりばかりかじっている

いよいよ収穫がはじまるというころ
両親はわたしを残し一ヶ月の旅行に出かけてしまった
おかあさんたちの分までしっかり食べておいてね
の言いつけどおり
毎日欠かさずきゅうりをかじっている

昨日は九本食べた
今日は十本

おとといは八本だったと思う

冷蔵庫に紙を貼りつけ
その都度きゅうりの本数を書き足していった
しだいにわたしは正の字に魅了されるようになり
𤴓で一日が終わりそうになると　真夜中
まだ十分なっていないきゅうりを採ってきて食べ
最後の一に加えるのだった
日ごと正は完成された

加藤さんの畑のきゅうりもおいしかった

わらふ

〈ふ〉の字のようなほっぺたで
蒼士がわらふ

冷たくて気持ちがいいね

一歳半の蒼士は
小石を川に投げるのに夢中

おおきい小石は大きく跳ねて
ちいさい小石は小さく跳ねて
見上げれば夏の空

なつかしく響いてくる

〈ふ〉の字のように目をほそめ
わらふ蒼士に
つられてわらふ

わらう　よりも軽やかに
ふんわりやさしく広がって
わらふ　がわらっている

菜のはな

しがらきの
陶芸の森の奥の
たぬきたちのお腹は相変わらずだけど
きみのお腹はひっこんで
やっと会えた

光いっぱい
菜のはな
きみも
菜のはな
あかちゃんは腕のなか

大丈夫だよ
ねえ、だけど
今だけ　こっちを見て

あとがき

新聞の折り込み広告のなかに、ＮＨＫ文化センターの案内がありました。何か新しいことを始めたいと思っていた矢先でしたので、迷わず手に取りました。そこで見つけたのが、平居謙先生の詩の講座でした。二〇〇八年の秋のことです。

教室では、受講生の方々が積極的に創作活動に取り組み、用意してきた作品を毎回発表しています。当時、自ら詩を書くことを考えていなかった私は、当たり前のように自作の詩を朗読する皆様のご様子に衝撃を受けました。

教室に通いながら、私は長い間詩を書くことができませんでした。書くという行為に気恥ずかしさがあったのです。授業の帰り道、やめてしまおうと何度も思いました。次でやめよう、でもその前に、一編だけ思いきって書いてみよう。

そこで出来たのが「五月」という詩でした。この詩は母の日の様子を描いたものです。ちょうどその日、母は旅行で留守でした。ほろ酔い気分で帰ってきた父は、遅くまでテレビを見ていました。街は、いたるところカーネーションで彩られ、メッセージとありがとうの言葉であふれていました。父が見ていた番組も、おそらく母の日に関するものだったのでしょう。お風呂からあがった私は、遠くの襖からすすりあげては鼻をかむ音を聞きました。もう！　また風邪をひいて、とちょっと不機嫌になりながら風邪薬を取り出し、父の部屋を開けました。

父は泣いていました。私は思わず、お父さん！　と声を出してしまいました。父は照れることもなく、おばあちゃんを思い出してね、と涙を拭きました。私が幼いころ、祖母は病気で亡くなっています。風邪薬を手にしたまま、私は静かに部屋を出ました。

たくさんの喜びや幸せの陰で、そっと泣いている人がいる、これは私にとって大きな発見でした。そのときの記憶をもとに詩を書いてみよう、これが始まりです。つたない詩ではありますが、一編の詩を書き終えたあとの清々しさは、今も私の胸に大切にしまっています。

それから私は詩を書き始めました。月に一度の講座に出席することが楽しみになりました。今では、授業の帰り道、電車に揺られながら次の作品に思いをめぐらせています。妹に二人の子どもが生まれ、甥と姪の様子を描いた詩も何編かあります。作ってきたものを皆様の前で発表し、批評してもらっていますが、やはり詩を読むときは緊張します。

教室に入会させていただいてから六年半の間に書いたものを、このたび一冊の詩集としてまとめました。この詩集ができましたのは、ご指導と共に、詩を書き続ける支えとなってくださいました平居謙先生のおかげだと思っております。心より感謝申し上げます。

また、出版の労をおとりくださいました岩佐純子様と高橋正義様に、厚く御礼申し上げます。

秋吉里実

二〇一六年三月

悲しみの姿勢

二〇一六年六月三〇日　第一刷発行

著者　秋吉　里実　*Akiyoshi Satomi*
発行者　平居　謙
草原詩社
京都府宇治市小倉町一一〇―五二　〒六一一―〇〇四二
発行所　株式会社　人間社
名古屋市千種区今池一―六―一三　〒四六四―〇八五〇
電話　〇五二（七三一）二一二一　ＦＡＸ　〇五二（七三一）二一二二
［人間社営業部／受注センター］
名古屋市天白区井口一―一五〇四―一〇二　〒四六八―〇〇五二
電話　〇五二（八〇一）三一四四　ＦＡＸ　〇五二（八〇一）三一四八
郵便振替〇〇八二〇―四―一五五四五
制作　岩佐　純子
表紙　K's Express
印刷所　株式会社　北斗プリント社

ISBN978-4-908627-01-9
定価はカバーに表示してあります。